AF382939

Analyse de l'œuvre

Par Isabelle De Meese
Kelly Carrein

L'Attrape-cœurs

de Jerome David Salinger

lePetitLittéraire.fr

Rendez-vous sur lepetitlitteraire.fr et découvrez :

Plus de 1200 analyses
Claires et synthétiques
Téléchargeables en 30 secondes
À imprimer chez soi

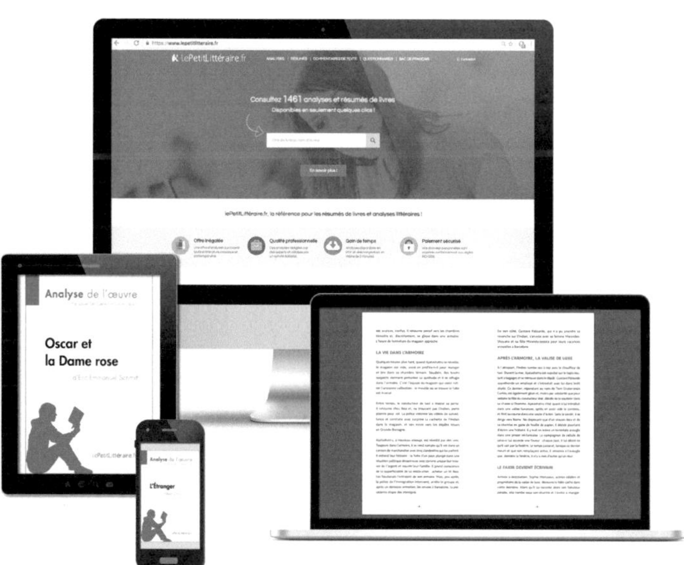

JEROME DAVID SALINGER

ÉCRIVAIN AMÉRICAIN

- **Né en 1919 à New York (États-Unis)**
- **Décédé en 2010 dans le New Hampshire (États-Unis)**
- **Quelques-unes de ses œuvres :**
  - *Neuf Histoires* (1953), recueil de nouvelles
  - *Franny et Zooey* (1961), recueil de récits
  - *Dressez haut la poutre maitresse, charpentiers* (1963), recueil de récits

Jerome David Salinger est un romancier et nouvelliste américain. En tant qu'admirateur d'Hemingway (écrivain américain, 1899-1961) et de Fitzgerald (écrivain américain, 1896-1940), il commence à écrire à l'âge de 15 ans. En 1940, il publie sa première nouvelle dans le *Story Magazine*. C'est durant les années 1940 qu'il écrit d'autres textes pour le *New Yorker*, qui le rendent populaire.

Supportant mal sa célébrité suite au succès de son œuvre, Salinger s'isole. Sa dernière publication date de 1965 et, reclus dans un petit village du New Hampshire, il n'accorde plus aucune interview aux journalistes. Muré dans son silence, il aiguise la curiosité de ses lecteurs. En janvier 2010, il meurt à son domicile.

L'ATTRAPE-CŒURS

UN ROMAN DE L'ADOLESCENCE

- **Genre :** roman
- **Édition de référence :** *L'Attrape-cœurs*, traduit par Saumont A., Paris, Robert Laffont, 2005, 235 p.
- **1ʳᵉ édition :** 1951
- **Thématiques :** adolescence, fugue, dépression, solitude, critique de la société

De renommée internationale, *L'Attrape-cœurs* (*The Catcher in the Rye*) est un roman qui traite de l'adolescence et du sentiment de solitude. Ce livre culte de la jeunesse d'hier et d'aujourd'hui a reçu un succès immédiat en fascinant toute une génération d'écrivains et d'artistes admiratifs.

L'histoire est celle d'Holden Caulfield, jeune homme de 17 ans, qui raconte dans un style oral et familier sa fugue de Pencey Prep, son école, peu de temps avant Noël. Pendant trois jours, il erre dans les rues de New York, déprimé et désabusé, n'osant pas rentrer chez lui.

RÉSUMÉ

L'Attrape-cœurs est le récit d'un adolescent en quête de sens. Les différentes aventures que Holden vit durant la fugue qu'il entreprend sont en effet pour lui l'occasion d'entamer avec humour et mélancolie une profonde réflexion sur lui-même, sur les personnes qui l'entourent et sur la société dont il fait – malgré lui – partie.

UN ADOLESCENT EN CRISE

Holden Caulfield est un jeune homme âgé de 16 ans. Peu avant les vacances de Noël, il apprend qu'il est renvoyé de Pencey Prep, le collège situé en Pennsylvanie (Nord-Est des États-Unis) dans lequel il est inscrit, parce qu'il a raté quatre examens sur cinq ; il n'a réussi que l'épreuve d'anglais, matière dans laquelle il excelle. Avant de partir, il se rend chez son professeur d'histoire, M. Spencer, pour lui dire au revoir. Celui-ci tente de comprendre son manque d'application et veut l'aider, ce qui plonge le jeune homme dans un profond abattement. Ce sentiment est familier à Holden : le décès de son plus jeune frère Allie l'a fortement affecté, et seules les visites dominicales de son frère ainé D. B. – désormais exilé à Hollywood (Ouest des États-Unis) pour travailler dans le milieu du cinéma – lui remontaient le moral.

Le samedi après-midi, un match de football a lieu. S'isolant de la foule, Holden observe le terrain du haut d'une colline pour faire ses adieux à l'internat. Il retourne ensuite dans son dortoir où il lit, mais Ackley, un camarade désagréable, l'importune. Stradlater, qui partage la même chambre qu'Holden, rentre ensuite du match de football et se prépare pour un rendez-vous galant avec Jane Gallagher, ce qui rend Holden jaloux.

Stradlater demande ensuite à Holden de rédiger une dissertation à sa place (la description d'un lieu), ce qu'Holden accepte sans trop savoir pourquoi, alors que Stradlater part rejoindre Jane. Au retour de celui-ci, quelques heures plus tard, Stradlater et Holden se bagarrent au sujet de Jane. Holden se réfugie alors dans la chambre d'Ackley et décide de fuguer sans avertir personne.

UNE FUGUE POUR SE RETROUVER

Dans le train pour New York, Holden rencontre la mère de l'un de ses camarades de classe et lui raconte des mensonges pour ne pas qu'elle s'interroge sur sa présence dans le train. N'ayant personne à qui téléphoner une fois arrivé à destination, Holden prend un taxi qui le conduit à l'hôtel Edmont. S'y sentant seul, il appelle Faith Cavendish, une prostituée, qui décline son invitation en raison de l'heure tardive.

Dans l'ascenseur, le liftier lui propose de passer du bon temps avec une *callgirl*, ce qu'Holden accepte. Lorsqu'il se retrouve en compagnie de Sunny, loin d'être intéressé, l'adolescent est embarrassé et démoralisé. Il lui dit qu'il la paiera uniquement pour discuter avec elle. Avant son départ, elle lui réclame davantage d'argent, mais Holden refuse. Quelques heures plus tard, le proxénète de Sunny agresse le jeune homme et lui soutire de l'argent. Après avoir repris son calme, Holden s'endort.

Les jours suivants, le jeune garçon résiste à l'envie de contacter sa petite sœur, Phœbé. Pour s'occuper, il se rend dans un bar où il fait la connaissance de trois filles avec qui il danse, mais qu'il trouve inintéressantes. Ensuite, après avoir ruminé quelques pensées au sujet de Jane, il quitte l'hôtel pour se rendre dans un café du centre-ville. Une ancienne petite amie de son frère lui propose de s'installer à sa table, mais il refuse. Pour passer le temps, il se balade dans la ville : il achète un disque pour Phœbé et croise une famille dont le petit garçon chante : « Si un cœur attrape un cœur qui vient à travers les seigles. » (p. 142) À l'écoute de ces paroles, il se sent beaucoup moins déprimé.

Le lendemain matin, Holden invite Sally Hayes, une fille avec laquelle il sort souvent, à un spectacle, puis il se rend à la gare et dépose ses bagages à la consigne. Il engage une conversation sur la littérature avec deux religieuses à qui il offre quelques dollars pour leur quête. À 14 heures, il rejoint Sally et l'emmène au théâtre, puis à la patinoire. Sur un coup de tête, il lui propose de tout quitter et de partir avec lui, ce que la jeune fille refuse : il la maltraite moralement et, et blessée dans son égo, elle retourne chez elle.

Pour lutter contre la solitude, Holden appelle Carl Luce, un vieux copain à qui il donne rendez-vous à 22 heures au Wicker Bar. Holden a donc quelques heures devant lui, qu'il passe au cinéma. Quand il retrouve son ami, ce dernier essaie de discuter de sexualité avec lui. Le trouvant immature, Carl part et Holden reste seul. Il se soule et téléphone à Sally. Ensuite, il se rend au lac de Central Park, se demande où vont les canards en hiver et décide de rentrer en douce dans l'appartement familial.

Arrivé chez lui en toute discrétion, Holden se dirige dans la chambre de Phœbé. Il la regarde dormir quelques minutes, feuillète ses cahiers scolaires, puis la réveille. La petite fille est heureuse de voir son frère et, lucide, elle comprend directement qu'il a été renvoyé de son collège. Fâchée, elle lui demande néanmoins de s'expliquer. Il lui confie que, plus tard, il voudrait juste être un attrape-cœurs, c'est-à-dire rattraper les enfants qui manquent de tomber de la falaise. Quand ses parents arrivent, il se cache dans la penderie, puis il pleure. Phœbé le réconforte et lui demande de rester, mais il refuse.

Il téléphone alors à M. Antolini, son ancien professeur de lettres, qui lui propose de dormir chez lui. Celui-ci le reçoit et discute avec lui, tentant de le comprendre et de le remettre sur le droit chemin à force de conseils. Holden semble content de l'écouter. Mais, pendant la nuit, il est réveillé par l'enseignant qui lui caresse la tête. Interprétant mal ce geste, il fuit.

Lorsqu'il arrive à la gare, Holden s'endort sur un banc. Torturé par de sombres pensées, il erre dans les rues pour finalement décider de se diriger vers l'ouest et de ne plus jamais revenir. Avant de mettre son plan à exécution, il se rend à l'école de sa sœur et lui laisse un mot pour lui annoncer son départ et pour la revoir une dernière fois. Prête à l'accompagner, la jeune fille arrive à l'heure du rendez-vous avec sa valise. Bouleversé, Holden refuse et change d'avis : il ne partira pas et rentrera à la maison.

Holden conclut son récit en disant qu'il ne sait pas de quoi demain sera fait, mais que les gens dont il a parlé lui manquent.

ÉTUDE DES PERSONNAGES

HOLDEN CAULFIELD

Personnage principal et narrateur du roman, Holden Caulfield est un adolescent en décrochage scolaire issu d'une famille bourgeoise de Manhattan. Il va de collège en collège sans jamais trouver sa place. Renvoyé de Pencey Prep quelques jours avant Noël, il vagabonde dans les quartiers de New York et vit des aventures urbaines.

Sensible, ce garçon semble avoir été profondément touché par la mort de son petit frère Allie. Il rencontre des difficultés dans ses relations sociales, particulièrement avec les jeunes de son âge qu'il trouve inintéressants. C'est ainsi que, solitaire et à tendance suicidaire, Holden se cherche des raisons de vivre. Il supporte mal le passage délicat de l'enfance à l'âge adulte et, ayant peur de grandir, il dérape peu à peu, vaincu par la déprime.

Loin d'être courageux, fort et vertueux, Holden est le type même de l'antihéros. Le lecteur est d'ailleurs prévenu d'emblée : Caulfield ne racontera pas « toutes ces conneries à la David Copperfield » (p. 9). De plus, le personnage n'entend en aucun cas tomber dans un récit autobiographique : « Je ne vais pas vous défiler ma complète autobiographie. » (*ibid.*) Pourtant, il raconte un épisode marquant de son existence et évoque également de nombreux évènements de son enfance, de sorte que sa vie est finalement relatée dans son ensemble.

David Copperfield

David Copperfield (1849) est l'un des romans les plus célèbres de Charles Dickens (écrivain anglais, 1812-1870). Le héros éponyme est un petit garçon malheureux et maltraité par son beau-père, qui l'envoie en pension. Le lecteur suit l'ascension sociale de David qui tente de trouver le bonheur : il se réfugie dans la lecture, étudie et travaille pour subvenir aux besoins de sa tante, avant de devenir finalement écrivain.

Dans *L'Attrape-cœurs*, l'évocation du personnage de David Copperfield par Holden permet d'établir un rapprochement entre eux. En effet, tous deux ont tenté de trouver le bonheur suite à leur période en pension, et tous deux font le récit d'un moment de leur vie – bien que Holden atteste le contraire. Cependant, l'histoire de David Copperfield se termine positivement, tandis que l'issue du destin de Holden parait négative.

Holden a un défaut dont il ne se cache pas : il ment à tout le monde, excepté, apparemment, au lecteur puisqu'il avoue être « le plus fieffé menteur que [nous] ayons jamais rencontré » (p. 27). Il a également tendance à tout dénigrer, à émettre des jugements péremptoires et à se montrer sarcastique et ironique, ce qui apporte un ton humoristique au roman. Par exemple, à une fille qu'il rencontre dans un bar, il déclare, en pensant tout le contraire : « Vous avez beaucoup de conversation. On vous l'a déjà signalé ? » (p. 90)

Contradictoire, Holden ne sait pas réellement ce qu'il veut. Ses dires et ses actions ne concordent pas : il affirme détester le cinéma, mais s'y rend ;

il dit ne pas apprécier la façon dont les garçons de son âge traitent les filles, mais il fait de même (« Alors tu me la refiles ? C'est mon type », p. 42). Ses relations avec la gent féminine sont d'ailleurs confuses. Il semble amoureux de Jane Gallagher et éprouve de la jalousie à l'égard de son copain de chambre, Stradlater, car celui-ci a obtenu un rendez-vous avec elle. Cela le rend nerveux et le tourmente : « Ça m'énervait tellement que j'en devenais dingue. » (p. 47) Bien qu'il pense constamment à elle, c'est avec d'autres filles qu'il a des aventures durant ses trois jours de fugue.

Holden ne nie pas faire preuve d'immaturité (« J'agis quelquefois comme si j'avais dans les douze ans ; tout le monde me le dit, spécialement mon père », p. 18). C'est un personnage qui déteste l'hypocrisie et le règne des apparences (« J'étais entouré de faux jetons. Là-bas c'est tout pour l'apparence », p. 23) ; par conséquent, il n'hésite pas à étaler ses défauts de façon explicite : son caractère dépensier (« Je suis drôlement panier percé de nature », p. 128), sa nervosité (« C'est à cause des nerfs », p. 153), et son besoin d'attirer l'attention (« Je suis un exhibitionniste », p. 41).

Le personnage d'Holden est donc complexe,

construit pour inspirer chez le lecteur à la fois de la sympathie par son état de dépression, et de l'irritation par ses actions décousues et ses mensonges à répétition.

PHOEBÉ

Âgée de 10 ans, Phoebé est la petite sœur d'Holden, « une gosse pleine de bon sens » (p. 85), futée, émotive et mignonne. Cette rouquine maigrichonne est probablement la personne qui compte le plus pour Holden, car il en parle dès le début de son récit. Elle joue également un rôle fondamental pour lui : pour la première fois, Holden se confie ouvertement à un personnage, et non plus uniquement au lecteur, et il lui dit tout ce qu'il a sur le cœur : « Bon Dieu, Phoebé ! Je peux pas expliquer. C'est juste que j'aimais rien de tout ce qui se passait à Pencey. » (p. 204)

Phoebé se met dans tous ses états quand elle comprend, sans qu'Holden ne lui en parle, qu'il a été renvoyé de son collège. Aussi est-ce à elle qu'il explique qu'il a pour objectif de devenir un attrape-cœurs. À la fin de l'histoire, c'est grâce à elle qu'il décide de rentrer chez lui : « J'ai cru que j'allais chialer tellement j'étais heureux [...]. Elle était tellement mignonne et tout, à tourner sur le manège. » (p. 251) Elle est la voix de la raison, qui fait comprendre à Holden que sa situation ne peut pas durer.

ALLIE

Allie est le petit frère d'Holden, de deux ans son cadet. Il est mort de la leucémie le 18 juillet 1946, soit trois ans avant le début du récit du jeune garçon. Ce malheur a terriblement touché le héros, qui lui parle souvent à voix haute : la dépression nerveuse qui le touche provient sans doute de cet évènement malheureux. Allie était un petit rouquin sympathique, très intelligent et toujours de bonne humeur. Pour Holden, c'était l'enfant parfait, inimitable : « Bon Dieu, on a jamais vu un môme aussi chouette. » (p. 50)

D. B.

D. B. est le frère ainé d'Holden, mais c'est également son auteur préféré, du moins avant qu'il ne « se prostitue » (p. 10) à Hollywood en écrivant pour le cinéma (une institution qui horripile l'adolescent). Il est l'auteur de *La Vie cachée d'un poisson rouge*, un texte dans lequel un enfant refuse de laisser quiconque regarder son poisson rouge, car il l'a acheté avec son propre argent de poche. Dans *L'Attrape-cœurs*, D. B. est à la fois un modèle pour Holden et la personne qui lui rend visite tous les dimanches quand il tombe en dépression.

M. ANTOLINI

M Antolini est l'ancien professeur de lettres d'Holden lorsque celui-ci était inscrit à Elkton Hill. Il est jeune, sympathique et comprend l'adolescent. Ce pédagogue s'est toujours beaucoup préoccupé du jeune homme, et c'est avec plaisir qu'il l'accueille chez lui la nuit où celui-ci l'appelle au secours.

Dans son riche appartement de New York, qu'il partage avec sa compagne Lillian, M Antolini discute avec son ancien élève de son avenir et lui dit qu'il est sur la mauvaise pente. Après s'être confié à Phoebé, Holden écoute cet enseignant (« Penser à tout ce que M. Antolini m'avait dit », p. 228), pour qui il a beaucoup de respect.

ACKLEY

Ackley est l'un des camarades de classe d'Holden. Qualifié de « plutôt dégueulasse » (p. 38), son comportement écœure le narrateur. C'est cependant de façon inexplicable qu'Holden se réfugie dans sa chambre après sa bagarre avec Stradlater. À la suite d'une « discussion » avec lui, durant laquelle Ackley ne répond pas, Holden prend la décision de fuguer.

STRADLATER

Ce jeune homme imbu de sa personne (« Il se croyait le plus beau gars de l'hémisphère occidental », p. 38-39) partage la chambre d'Holden. Stradlater est un « salaud » (p. 40) aux yeux d'Holden, qui accepte pourtant de réaliser sa dissertation à sa place, ce qui provoquera leur confrontation. Stradlater joue également le rôle de l'adversaire du jeune garçon puisqu'il a une relation avec Jane Gallagher, la jeune fille qui plait à Holden.

JANE GALLAGHER

Bien que Holden n'entre pas en contact avec elle,

Jane revêt une importance certaine pour lui : en effet, c'est la seule personne dont il est vraiment amoureux. Ses tentatives amoureuses avec d'autres filles (Sally, la *callgirl* Sunny, la prostituée Faith, etc.) se soldent par des échecs, dont il ne semble pas être désolé. Si le jeune homme refuse de la contacter, c'est par peur qu'elle le déçoive autant que les autres.

CLÉS DE LECTURE

L'ADOLESCENCE, DIFFICILE PASSAGE DE L'ENFANCE À L'ÂGE ADULTE

Le titre du livre évoque indirectement le passage compliqué de l'enfance à l'âge adulte. De fait, lorsque Phoebé demande à Holden quel est le métier qu'il veut exercer plus tard, celui-ci répond qu'il souhaiterait être un attrape-cœurs, quelqu'un qui sauverait tous les enfants en passe de perdre leur innocence :

> « Moi je suis planté au bord d'une saleté de falaise. Ce que j'ai à faire c'est attraper les mômes s'ils approchent trop du bord. [...] Je rapplique et je les attrape. [...] Je serais juste l'attrape-cœurs et tout. D'accord, c'est dingue, mais c'est vraiment ce que je voudrais être. » (p. 208-209)

Dans son récit, Holden idéalise l'enfance, plus particulièrement à travers la personne de Phoebé, sa sœur, et celle d'Allie, son petit frère qu'il considère comme l'enfant parfait. Ces deux personnages innocents n'ont en effet pas encore connu la période de l'adolescence et les problèmes qui lui sont liés. Holden, lui, a subi de nombreux changements d'établissements scolaires et une inadaptation sociale croissante.

La sincérité enfantine, dans laquelle se reconnait Holden, s'oppose au monde des adolescents et des adultes, hypocrite et corrompu. Dès lors, il souhaite protéger les enfants le plus longtemps possible de ce monde qui le désenchante. Il se rend néanmoins compte, grâce à Phoebé, que l'arrivée dans le monde adulte est inévitable et que ce n'est pas son devoir d'en protéger les enfants à tout prix.

Les contradictions qu'Holden rencontre avec le monde adulte sont illustrées à travers le conflit de générations qui s'opère entre lui et M. Spencer, le vieux professeur d'histoire de Pencey Prep (« L'ennui, c'est qu'entre nous y avait des années-lumière », p. 25). Alors que le vieil homme sermonne le plus jeune, ce dernier pense : « Je pouvais plus me supporter dans cette pièce [...]. Et il fallait que je reste assis là, à écouter ces conneries. » (p. 20-21) Holden ne semble donc pas comprendre cette personne plus âgée que lui, même s'il éprouve pour elle de la sympathie. Cette incompréhension générationnelle se poursuit tout au long du roman.

Par exemple, il ne comprend pas le comportement de Carl Luce, obsédé par la sexualité, qui n'a que quelques années en plus que lui. Les adultes sont presque présentés comme une espèce à part, menteuse, perverse et futile, à laquelle Holden refuse d'appartenir.

L'adolescent, qui a déjà des cheveux gris, tente de trouver sa place entre deux âges : « J'avais 16 ans à l'époque et maintenant j'en ai 17 [...]. J'agis quelquefois comme si j'avais dans les 12 ans. » (p. 19) Perturbé et désabusé, il est en pleine crise, à la recherche de lui-même : il fugue ; il échoue aux examens et est renvoyé de son collège ; il est dépendant à la cigarette et boit énormément ; il est révolté contre la société. Il semble à la fois très jeune par son comportement parfois puéril (« Au bout d'un moment j'en ai eu mon compte d'être perché sur ce lavabo alors je me suis donné un peu d'espace et j'ai commencé à faire des claquettes, pour rigoler. Juste pour rigoler », p. 40) et très âgé par son attitude aigrie face à la société.

L'INADAPTATION ET LA DÉPRESSION

À plusieurs reprises, Holden se demande où vont les canards de Central Park lorsque le lac est gelé en hiver (« Hey, dites donc, vous avez vu les canards près de Central Park South ? Le petit lac ? Vous savez pas par hasard où ils vont ces canards, quand le lac est complètement gelé ? Vous savez pas ? », p. 75) Il interroge même plusieurs individus, qui ne semblent pas pouvoir lui répondre, ni même s'intéresser à cette interrogation qu'ils jugent futile.

Sous cette question s'en cache en fait une autre : le garçon se demande simplement où doit aller un être quand il est inadapté à son environnement. Dès lors, sa question devient une métaphore de la situation d'errance dans laquelle lui-même se trouve : en inadéquation avec son environnement scolaire et le monde new-yorkais, le jeune homme ignore où se rendre pour se sentir bien dans sa peau. Le discours de M. Antolini entre d'ailleurs en résonance avec cette idée : « C'est ce qui arrive aux hommes qui, à un moment ou à un autre durant leur vie, étaient à la recherche de quelque chose que leur environnement ne pouvait plus leur procurer. Du moins voilà ce qu'ils pensaient. » (p. 224)

Ainsi, Holden ne se sent pas à l'aise avec les jeunes de sa génération et les trouve souvent idiots : « Ils se fendaient la pipe pour des choses qu'étaient vraiment pas marrantes. » (p. 50) C'est parfois un réel problème social : « Une fois j'ai été dans les Boy Scouts, pendant à peu près une semaine, et je pouvais même pas supporter de regarder la nuque du gars qui marchait devant moi. » (p. 171) Il ne semble avoir noué aucun lien avec des jeunes de son âge : Ackley et Stradlater l'irritent, il quitte le pensionnat sans dire au revoir à personne et ne pense plus à ses camarades de classe une fois parti. De plus, les filles de son âge (à l'exception de Jane) paraissent l'ennuyer.

À l'inverse, il semble avoir des relations privilégiées avec des personnes plus âgées malgré certaines incompréhensions générationnelles : il éprouve de la sympathie pour son professeur d'histoire, M. Spencer, bien que celui-ci soit beaucoup plus âgé que lui ; il n'a aucun mal à recevoir la sympathie de la mère de son camarade de classe dans le train pour New York ; il n'hésite pas à téléphoner à M. Antolini au milieu de la nuit et il déborde d'admiration pour son frère ainé.

Cette solitude et cet isolement entrainent – du moins partiellement – l'état dépressif dans lequel se trouve Holden : malgré ses nombreuses tentatives, il ne parvient pas à créer de rapports sociaux significatifs, excepté sa relation fraternelle avec Phoebé. Chacun de ses contacts, qu'il soit téléphonique (par exemple, avec la prostituée Faith) ou lors d'un rendez-vous en personne (par exemple, avec son ami Carl) se solde par une intense déception pour Holden. Aucune interaction sociale ne semble convenir à ses attentes trop élevées. Isolé et déprimé, le jeune homme a parfois même des tendances suicidaires : « Brusquement je me sentais très seul. J'avais presque envie d'être mort. » (p. 63)

C'est pour contrecarrer ce sentiment omniprésent qu'il décide de fuguer. Son histoire peut être interprétée comme celle d'un enfermement physique et mental :

- il est d'abord cloitré dans son pensionnat, soumis aux règles scolaires ;
- sa fuite ne le mène pas vers la liberté, car il est

enfermé dans la société new-yorkaise dont il
ne supporte plus les normes ;
- même si ce n'est pas explicitement dit, il
semble raconter son histoire depuis un hôpital
psychiatrique (« Pas mal esquinté et obligé de
venir ici pour me retaper », p. 9 ; « Y a un tas de
gens, comme ce type, le psychanalyste qu'ils
ont ici, ils arrêtent pas de me demander si je
vais m'appliquer en classe », p. 252).

L'Attrape-cœurs est donc l'illustration de l'errance
d'un personnage qui ne se sent à sa place nulle
part : la société et ses codes ne lui conviennent
pas et les personnes qu'il côtoie provoquent
presque toutes chez lui des sentiments négatifs.
Holden est déçu de son existence telle qu'elle
se présente, et cherche par tous les moyens à
atteindre le bonheur.

LA CRITIQUE DE LA SOCIÉTÉ

Holden porte un regard cynique sur le monde
qui l'entoure, et en particulier sur la société. Ses
principes et ses représentants ne conviennent
pas au garçon, qui n'hésite pas à prononcer de
nombreuses critiques tout au long du roman :

- la société est un monde hostile auquel Holden ne veut pas être assimilé. Il refuse ses codes, qu'il juge dépassés et inutiles. Il veut donc établir ses propres règles et ses propres habitudes (« Et je travaillerai dans un bureau, je gagnerai plein de fric, j'irai au boulot en taxi ou bien en prenant le bus dans Madison Avenue, et je lirai les journaux, et je jouerai tout le temps au bridge, et j'irai au ciné voir plein de courts métrages idiots », p. 162) ;

- la politesse affectée ne plait pas à Holden, car il trouve cette coutume hypocrite (« Je suis toujours à dire "Enchanté d'avoir fait votre connaissance" à des gens que j'avais pas le moindre désir de connaitre. C'est comme ça qu'il faut fonctionner si on veut rester en vie », p. 109) ;

- le jeu des apparences, joué en permanence par chaque personne qu'Holden a rencontrée, l'irrite au plus haut point (« J'étais entouré de faux jetons. Là-bas c'est tout pour l'apparence », p. 23) ;

- la violence gratuite est dénoncée, lorsque Holden, qui a. pourtant accepté d'aider Stradlater, est provoqué par celui-ci. Le jeune homme ne semble pas pouvoir échapper à la violence, lorsqu'il se fait piéger à New York par le proxénète, et se fait brutaliser et soutirer de l'argent. La violence est donc la conséquence du règne des apparences (Stradlater n'a pas apprécié d'être insulté par Holden) et du règne de l'argent (le proxénète veut gagner le plus d'argent possible au moyen de Sunny et n'hésite pas à recourir à la violence pour y arriver) ;

- le traitement des femmes dans cette société machiste laisse Holden perplexe. Même s'il refuse de traiter les femmes comme des objets pour ne pas se comporter comme ses camarades de classe (en proposant notamment à la callgirl Sunny de rester pour discuter ensemble), il tombe dans les mêmes travers (en désignant une fille comme étant son « type », p. 42) ;

- l'institution cinématographique est également abondamment critiquée. Le frère de Holden, qui travaille à Hollywood, « se prostitue » (p. 10) selon lui dans ce « foutu Hollywood » (p. 193). De plus, Holden semble ne pas aimer les films (qu'il nomme « courts métrages idiots », p. 162), même s'il se rend au cinéma ;

- les institutions sociales sont aussi une des cibles de Holden. Suite à ses nombreux transferts scolaires, il juge l'école totalement inadéquate (« Ils forgent pas plus à Pencey que dans n'importe quelle autre école. Et j'y ai jamais connu personne qui soit splendide, l'esprit ouvert et tout », p. 10). Il s'attaque également à la religion (« Je peux même pas supporter les aumôniers », p. 124), à la police (« un sale flic », p. 148) et à l'argent (« saleté de pognon », p. 139).

Toutes ces critiques semblent alimenter la misanthropie relative de Holden, ainsi que sa solitude et sa dépression. Le jeune homme se révolte contre tous ces paramètres prédéfinis, ces « règles » (p. 18) de vie dont lui parle son professeur d'histoire. Ce faisant, il refuse d'entrer dans le « jeu » (*ibid.*) de la vie, qu'il considère comme faux et hypocrite. Pour combattre ce malaise, Holden se concentre sur sa véritable fascination pour l'innocence de l'enfance, symbolisée par son petit frère défunt Allie et par sa sœur Phoebé.

UN REGISTRE FAMILIER

Le ton ironique et léger du texte permet de contraster avec le pessimisme et la mélancolie qui caractérisent le contenu. Cette opposition

entre le fond et la forme rend l'œuvre plus complexe qu'elle ne le parait à première vue.

Le récit est écrit à la première personne dans un registre oral et familier, voire parfois grossier. Le narrateur, Holden, s'adresse directement au lecteur, et l'interpelle d'ailleurs brusquement dès la première ligne : « Si vous voulez vraiment que je vous dise [...] » (p. 9) Par ce procédé, un lien se crée d'emblée entre le narrateur et le lecteur qui se sent concerné par le récit qui va suivre. Aussi bien dans les dialogues que dans la narration, le texte est truffé de spécificités langagières appartenant au registre familier, ce qui peut surprendre le lecteur :

- des mots grossiers (« ma saloperie d'enfance », p. 9 ; « toutes ces conneries », *ibid.*) ;
- des expressions relevant d'un langage dit « de jeunes » (« ça me rase », p. 9 ; « ce truc dingue », *ibid.*) ;
- des constructions de phrases oralisées (« au cas où vous sauriez pas », p. 10 ; « tu parles ! », *ibid.*) ;
- des tics de langage propres à l'expression orale (« et tout », *ibid.* ; « ouah », p. 19 ; « ça me tue », p. 106 ; « bon », p. 10) ;

- des mots familiers ou argotiques (« piaule », p. 12) ;
- des anglicismes (« bicause », p. 38) ;
- des interpellations à destination du lecteur (« j'ai oublié de vous dire », *ibid.*) ;
- des exagérations (« j'ai continué à l'appeler salopard pendant au moins dix heures », p. 56) ;
- des répétitions (« il a donné plein de pognon à Pencey et Pencey a donné son nom à notre bâtiment », p. 27)

Ces expressions, absentes des premières traductions du texte et du texte original, sont une particularité de la traduction en français réalisée en 2012. En adoptant ce registre original, la traductrice, Annie Saumont (femme de lettres française, 1927-2017) a produit plusieurs effets sur la réception du texte. Outre la création d'un contraste entre la dépression d'Holden et la légèreté avec laquelle il la narre, sa traduction actualise également l'histoire publiée en 1951. Elle permet ainsi aux adolescents d'aujourd'hui de pouvoir se reconnaitre à travers le personnage principal, malgré le fait que l'histoire soit dépourvue d'indices propres au quotidien du XXIe siècle.

Si, à première vue, *L'Attrape-cœurs* semble être un roman traditionnel pour adolescents, il présente plusieurs caractéristiques qui lui ont permis de traverser les décennies sans vieillir et de devenir un véritable classique de la littérature pour la jeunesse : le thème délicat de la dépression, qui touche de nombreux adolescents, est abordé sur un ton léger, dans un registre familier, de façon à créer chez le lecteur un sentiment de proximité avec le narrateur.

PISTES DE RÉFLEXION

QUELQUES QUESTIONS POUR APPROFONDIR SA RÉFLEXION...

- Selon vous, Holden a-t-il finalement réalisé son autobiographie ? Justifiez votre réponse.
- Interprétez le titre du livre.
- Démontrez en quoi les enfants semblent, pour Holden, être le seul groupe non corrompu de la société.
- Comment l'état dépressif de Holden se traduit-il dans ses actions ? Citez des exemples.
- Pourquoi peut-on dire que l'histoire de Holden est celle d'un enfermement physique et mental ?
- En quoi Holden incarne-t-il le type même de l'antihéros ? Citez d'autres exemples d'antihéros que vous connaissez.
- À votre avis, pourquoi ce roman séduit tous les adolescents d'hier et encore tous ceux d'aujourd'hui ?
- Quels sont les effets induits par le choix d'un registre familier plutôt qu'un registre soutenu

dans la narration ?

- À quel autre personnage de fiction (cinéma, littérature, sérié télé, etc.) Holden vous fait-il penser ? À quel héros adolescent pourriez-vous au contraire l'opposer ? Expliquez.

- Comparez ce roman avec son adaptation théâtrale par Bernard-Marie Koltès (auteur dramatique français, 1948-1989). Quelle différence majeure constatez-vous entre les deux œuvres ? Quels en sont les effets ?

Votre avis nous intéresse !
Laissez un commentaire sur le site de votre librairie en ligne
et partagez vos coups de cœur sur les réseaux sociaux !

POUR ALLER PLUS LOIN

ÉDITION DE RÉFÉRENCE

- SALINGER J. D., *L'Attrape-cœurs*, Paris, Robert Laffont, 2005.

ADAPTATION

- KOLTÈS B.-M., *Sallinger*, Paris, Les Éditions de Minuit, 1998.

SUR LEPETITLITTÉRAIRE.FR

- Commentaire de l'arrivée d'Holden Caulfield à New York dans *L'Attrape-cœurs*.
- Questionnaire de lecture sur *L'Attrape-cœurs*.

Retrouvez notre offre complète sur lePetitLittéraire.fr

- des fiches de lectures
- des commentaires littéraires
- des questionnaires de lecture
- des résumés

ANOUILH
- Antigone

AUSTEN
- Orgueil et Préjugés

BALZAC
- Eugénie Grandet
- Le Père Goriot
- Illusions perdues

BARJAVEL
- La Nuit des temps

BEAUMARCHAIS
- Le Mariage de Figaro

BECKETT
- En attendant Godot

BRETON
- Nadja

CAMUS
- La Peste
- Les Justes
- L'Étranger

CARRÈRE
- Limonov

CÉLINE
- Voyage au bout de la nuit

CERVANTÈS
- Don Quichotte de la Manche

CHATEAUBRIAND
- Mémoires d'outre-tombe

CHODERLOS DE LACLOS
- Les Liaisons dangereuses

CHRÉTIEN DE TROYES
- Yvain ou le Chevalier au lion

CHRISTIE
- Dix Petits Nègres

CLAUDEL
- La Petite Fille de Monsieur Linh
- Le Rapport de Brodeck

COELHO
- L'Alchimiste

CONAN DOYLE
- Le Chien des Baskerville

DAI SIJIE
- Balzac et la Petite Tailleuse chinoise

DE GAULLE
- Mémoires de guerre III. Le Salut. 1944-1946

DE VIGAN
- No et moi

DICKER
- La Vérité sur l'affaire Harry Quebert

DIDEROT
- Supplément au Voyage de Bougainville

DUMAS
- Les Trois Mousquetaires

ÉNARD
- Parlez-leur de batailles, de rois et d'éléphants

FERRARI
- Le Sermon sur la chute de Rome

FLAUBERT
- Madame Bovary

FRANK
- Journal d'Anne Frank

FRED VARGAS
- Pars vite et reviens tard

GARY
- La Vie devant soi

GAUDÉ
- La Mort du roi Tsongor
- Le Soleil des Scorta

GAUTIER
- La Morte amoureuse
- Le Capitaine Fracasse

GAVALDA
- 35 kilos d'espoir

GIDE
- Les Faux-Monnayeurs

GIONO
- Le Grand Troupeau
- Le Hussard sur le toit

GIRAUDOUX
- La guerre de Troie n'aura pas lieu

GOLDING
- Sa Majesté des Mouches

GRIMBERT
- Un secret

HEMINGWAY
- Le Vieil Homme et la Mer

HESSEL
- Indignez-vous !

HOMÈRE
- L'Odyssée

HUGO
- Le Dernier Jour d'un condamné
- Les Misérables
- Notre-Dame de Paris

HUXLEY
- Le Meilleur des mondes

IONESCO
- Rhinocéros
- La Cantatrice chauve

JARY
- Ubu roi

JENNI
- L'Art français de la guerre

JOFFO
- Un sac de billes

KAFKA
- La Métamorphose

KEROUAC
- Sur la route

KESSEL
- Le Lion

LARSSON
- Millenium I. Les hommes qui n'aimaient pas les femmes

LE CLÉZIO
- Mondo

LEVI
- Si c'est un homme

LEVY
- Et si c'était vrai...

MAALOUF
- Léon l'Africain

MALRAUX
- La Condition humaine

MARIVAUX
- La Double Inconstance
- Le Jeu de l'amour et du hasard

MARTINEZ
- Du domaine des murmures

MAUPASSANT
- Boule de suif
- Le Horla
- Une vie

MAURIAC
- Le Nœud de vipères

MAURIAC
- Le Sagouin

MÉRIMÉE
- Tamango
- Colomba

MERLE
- La mort est mon métier

MOLIÈRE
- Le Misanthrope
- L'Avare
- Le Bourgeois gentilhomme

MONTAIGNE
- Essais

MORPURGO
- Le Roi Arthur

MUSSET
- Lorenzaccio

MUSSO
- Que serais-je sans toi ?

NOTHOMB
- Stupeur et Tremblements

ORWELL
- La Ferme des animaux
- 1984

PAGNOL
- La Gloire de mon père

PANCOL
- Les Yeux jaunes des crocodiles

PASCAL
- Pensées

PENNAC
- Au bonheur des ogres

POE
- La Chute de la maison Usher

PROUST
- Du côté de chez Swann

QUENEAU
- Zazie dans le métro

QUIGNARD
- Tous les matins du monde

RABELAIS
- Gargantua

RACINE
- Andromaque
- Britannicus
- Phèdre

ROUSSEAU
- Confessions

ROSTAND
- Cyrano de Bergerac

ROWLING
- Harry Potter à l'école des sorciers

SAINT-EXUPÉRY
- Le Petit Prince
- Vol de nuit

SARTRE
- Huis clos
- La Nausée
- Les Mouches

SCHLINK
- Le Liseur

SCHMITT
- La Part de l'autre
- Oscar et la Dame rose

SEPULVEDA
- Le Vieux qui lisait des romans d'amour

SHAKESPEARE
- Roméo et Juliette

SIMENON
- Le Chien jaune

STEEMAN
- L'Assassin habite au 21

STEINBECK
- Des souris et des hommes

STENDHAL
- Le Rouge et le Noir

STEVENSON
- L'Île au trésor

SÜSKIND
- Le Parfum

TOLSTOÏ
- Anna Karénine

TOURNIER
- Vendredi ou la Vie sauvage

TOUSSAINT
- Fuir

UHLMAN
- L'Ami retrouvé

VERNE
- Le Tour du monde en 80 jours
- Vingt mille lieues sous les mers
- Voyage au centre de la terre

VIAN
- L'Écume des jours

VOLTAIRE
- Candide

WELLS
- La Guerre des mondes

YOURCENAR
- Mémoires d'Hadrien

ZOLA
- Au bonheur des dames
- L'Assommoir
- Germinal

ZWEIG
- Le Joueur d'échecs

ISBN version numérique : 978-2-8062-1808-7
ISBN version papier : 978-2-8062-1319-8
Dépôt légal : D/2017/12603/868

Avec la collaboration de Kelly Carrein pour les personnages d'Ackley, Stradlater et Jane Gallagher, ainsi que pour le chapitre « La critique de la société ».

Conception numérique : Primento, le partenaire numérique des éditeurs.

Ce titre a été réalisé avec le soutien de la Fédération Wallonie-Bruxelles, Service général des Lettres et du Livre.